MW01043350

Felicitaciones!
Leaton 2005

Diseño gráfico: Helena Homs

Shua, Ana María.
    La batalla entre los elefantes y los cocodrilos. - 10ª ed. – Buenos Aires :
Sudamericana, 2005.
    48 p. ; 20x13 cm. - (Pan flauta)

    ISBN 950-07-1920-7

    1. Literatura Infantil y Juvenil Argentina. I. Título
    CDD. A863.928 2

Impreso en la Argentina
Queda hecho el depósito
que previene la ley 11.723.
© 1988, Editorial Sudamericana S.A.®
Humberto 1° 531, Buenos Aires, Argentina.
©1988, Ana María Shua

www.edsudamericana.com.ar

ISBN 950-07-1920-7

Primera edición: abril de 1988
Décima edición: enero de 2005

COLECCION

PAN · FLAUTA

Dirigida por
Canela
(Gigliola Zecchin de Duhalde)

## LA AUTORA

Ana María Shua nació en Buenos Aires en 1951. Escribe desde los 8 años. A los 15 gana un concurso del Fondo Nacional de las Artes y la Faja de Honor de la SADE con *El sol y yo*, su primer libro de poemas. Escribe *Soy paciente* (novela), *Los días de pesca* (cuentos), *Los amores de Laurita* (novela) y otros.

Sus novelas son llevadas al cine. Es profesora de literatura y trabajó en publicidad y periodismo.

*La batalla entre los elefantes y los cocodrilos* es el primer cuento para niños que publica.

## LA ILUSTRADORA

Alicia Charré nació en primavera en la ciudad de Buenos Aires. A los 7 años, en un concurso de dibujo del colegio ganó un importante premio: Los cuentos completos de Andersen y de Grimm. Desde entonces lee y dibuja cuentos para chicos. Tiene especial sensibilidad para representar a los animales.

Ha ilustrado innumerable cantidad de libros y publicaciones.

# LA BATALLA
# ENTRE LOS ELEFANTES
# Y LOS COCODRILOS

## Ana María Shua
### Ilustraciones Alicia Charré

PARA CONTAR ESTA HISTORIA hay que empezar por explicar que los cocodrilos y los elefantes, por lo general, no son enemigos. Los elefantes comen pasto y, a veces, hojas de los árboles. Los cocodrilos comen peces de los ríos en que viven y, a veces, se comen también algún animal de los que vienen a tomar agua (por ejemplo, algún antílope) pero jamás se atreverían a atacar a un elefante, ni siquiera a uno chico.

Y esto es así porque, como todo el mundo sabe, una manada de elefantes es una gran familia, en la que cada uno se preocupa por defender y proteger a los demás. Los cocodrilos, en cambio, no se quieren tanto entre ellos, a lo mejor porque tienen la sangre fría.

Y sin embargo hubo una vez en la selva una gran batalla entre una manada de elefantes y un grupo de cocodrilos.

Sucedió que los elefantes habían ido a bañarse. Hacía mucho calor, había sequía en la

sabana y la jefa de la manada, una elefanta muy vieja, había guiado a los demás hacia el río. La vieja guía estaba casi ciega pero igual podía orientarse sin problemas: todos los elefantes tienen mala vista pero muy buen olfato, gracias a su larguísima nariz.

A los elefantes les encanta el agua. Juegan cerca de la orilla, chapotean y se tiran agua unos a otros con la trompa. Y allí estaban, divirtiéndose mucho, cuando una familia de cocodrilos que descansaba en la orilla, metidos en el barro como a ellos les gusta, decidió tirarse al agua.

A los cocodrilos les molestaba que los elefantes estuvieran justo ahí, porque ocupaban mucho lugar y les espantaban a los peces.

Ese era el lugar donde vivían desde siempre y no les gustaba tener que recibir a esas enormes y molestas visitas a las que nadie había invitado. Entonces el abuelo cocodrilo, que veía bien pero estaba casi sordo, los fue a enfrentar.

—¡Elefantes!—les dijo—: tienen que ir a bañarse a otro lado porque nos están molestando.

Los elefantes se quedaron muy sorprendidos. Era rarísimo que algún animal de la selva se atreviese a meterse con ellos. La guía de la manada le contestó al cocodrilo abuelo.

—¡Cocodrilos! —dijo enojada—: cada uno se baña donde se le da la gana.

—Pero nosotros estábamos primero —dijo un cocodrilito charlatán.

—El río es muy grande —dijo una mamá elefante que estaba duchando a su hijito menor—. Vayan a hacer picnic a otro lado.

—¡Nosotros estábamos aquí primero!—gritaron todos los cocodrilos a coro.

—¡El río no es de ustedes! —gritaron a coro todos los elefantes.

14

Y de repente, antes de que el abuelo cocodrilo (que no tenía ganas de pelear) hubiera
podido impedirlo, el cocodrilito charlatán ya
le había mordido la trompa a un elefante
bebé.

La mamá del chiquito, por supuesto, no se iba a quedar tranquila. Le dio al atrevido un tremendo pisotón en la cabeza que lo dejó por un buen rato enterrado en el barro del fondo. Y ahí nomás se armó la tremolina.

En tierra los elefantes podrían haber ganado enseguida, porque los cocodrilos caminan muy torpemente y no hubieran podido defenderse bien. Pero en el agua son muy ágiles.

Es cierto que cada vez que un cocodrilo recibía una patada o un pisotón o un trompazo de elefante, quedaba maltrecho por un buen rato, pero los elefantes no siempre podían alcanzarlos, porque ellos se movían con mucha rapidez. Sobre todo, les resultaba imposible alcanzarlos con los colmillos. Y si los elefantes no levantaban las trompas enseguida recibían unos mordiscones muy feos de esas enormes bocazas.

Los cocodrilos también trataban de morderles las patas, pero la piel de los elefantes es tan dura que casi nunca conseguían clavarles los dientes, aunque les hacían doler. Además daban fuertes coletazos y, cuando podían, se les prendían de la cola.

18

La batalla se hacía muy larga porque los cocodrilos y los elefantes eran muchos y, mientras algunos peleaban, otros se iban a la orilla a descansar.

Mientras tanto, los demás animales de la selva estaban molestos y enojados, porque no podían acercarse al río ni para tomar agua, ni para bañarse sin correr el riesgo de recibir golpes o mordiscones. Los únicos que estaban contentos eran los peces, porque los cocodrilos estaban tan ocupados que no podían perder tiempo buscándolos para comérselos.

20

Fue entonces cuando la cigüeña decidió intervenir. Era una cigüeña que se había hecho famosa por su gran inteligencia. Los animales iban muchas veces a pedirle consejo cuando había dos que se peleaban y no se sabía quién tenía razón. Todos respetaban sus decisiones. La cigüeña se acercó al río, se paró sobre un árbol grande que había en la orilla y gritó con toda su voz:

—¡Elefantes! ¡Cocodrilos! ¡Dejen de pelear y escuchen!

Y como los que participaban en ese momento en la batalla estaban bastante cansados, dejaron de pelear y se pusieron a conversar con la cigüeña.

—A ver. Qué es lo que pasa entre ustedes.

–Nosotros estamos aquí siempre –dijeron los cocodrilos–. Los elefantes vinieron a bañarse y nos espantaban a los peces. ¡Nosotros estábamos primero!

–¡El río es de todos! –gritaron los elefantes–. Y cada uno se baña donde quiere.

La verdad es que tanto los cocodrilos como los elefantes se hubieran puesto muy contentos de que la cigüeña encontrara una solución aceptable, porque tenían hambre y se daban cuenta de que iba a ser muy difícil que esa pelea terminara pronto. Pero a la cigüeña le costaba mucho decidir a quién le correspondía quedarse, porque le pareció que las dos partes tenían un poco de razón. Se fue a pensar el problema y mientras tanto la batalla volvió a empezar, para desesperación de los demás animales.

Como la cigüeña tardaba mucho, a un hipo-pótamo se le ocurrió una gran idea. Metién-dose sin miedo en medio de la lucha, les propuso su proyecto a los que peleaban.

–Vamos a dividir el río –dijo el hipopótamo–. Hagan entre todos una pared separando el río en dos partes. De un lado se bañan los elefantes y del otro lado los cocodrilos.

Y a todos les pareció bien. Hasta que vieron los resultados.

Porque los elefantes y los cocodrilos se pusie-ron a trabajar enseguida. Los elefantes traje-ron grandes piedras y arrancaron gordísimos troncos de árboles. Los cocodrilos traían pie-dras más chicas para rellenar los huecos y usaban barro de la orilla bien amasado para que los troncos y las piedras quedaran firmes en su lugar.

Por un tiempo estuvieron tan entusiasmados trabajando juntos que se olvidaron de que eran enemigos, y hasta se ayudaban unos a otros. Por ejemplo, si un elefante arrancaba un árbol grande que estaba lejos de la orilla, los cocodrilos formaban una rampa, acostándose uno al lado del otro, para que el tronco llegara rodando hasta el río. Daba gusto verlos trabajar en equipo.

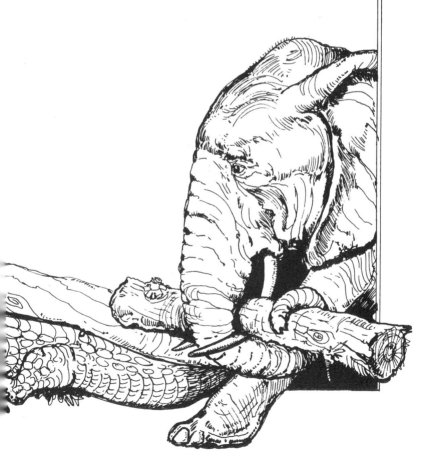

Hasta que estuvo terminada la pared que dividía al río por la mitad.
Y tan bien lo dividía que no dejaba pasar ni siquiera el agua.

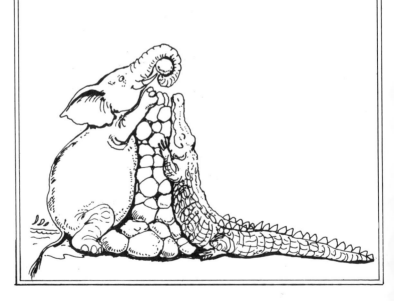

Era un verdadero dique. Del lado que les tocaba a los elefantes empezó a formarse una laguna que embalsaba las aguas del río inundando la selva. Y del lado que les tocaba a los cocodrilos no quedó más que barro.

La inundación podría haber llegado a ser desastrosa. Cuando se dieron cuenta de lo que estaba pasando, los leopardos y las víboras se subieron a los árboles. Pero los animales que viven en madrigueras debajo de la tierra, como las liebres y los ratones, se asustaron muchísimo porque el agua empezaba a entrar en sus casas. Levantando con los dientes a sus crías, trataban de alejarse del río lo más rápido posible.

También los elefantes se asustaron y a trompazos y patadas empezaron a deshacer el dique. Los cocodrilos, furiosos porque se habían quedado sin agua, los ayudaron con sus colas. En un periquete deshicieron la pared que tanto trabajo les había costado construir, y pronto estaban peleándose otra vez como siempre.

29

El resto de los animales estaba muy triste y ya había perdido las esperanzas de acercarse a esa parte del río. Muchas familias estaban pensando en mudarse a otra parte de la selva.

Pero entonces, pasito a paso, la jirafa más alta de la sabana se acercó a la orilla del río.

–¡Elefantes! ¡Cocodrilos! –llamó la jirafa–. Algunos de los que estaban peleando le prestaron atención y otros siguieron como si tal cosa.

–Ustedes saben –dijo la jirafa– que yo soy muy alta. La más alta de los animales.

–Eso ya los sabemos –dijeron los elefantes–.

–Eso no es ninguna novedad –dijeron los cocodrilos–.

–Y como soy tan alta puedo ver por encima de los árboles. Puedo ver cosas que ustedes no ven.

—¡Bah! —dijo el cocodrilito charlatán—. Los pájaros cuando vuelan pueden ver más lejos todavía.

—¿Y saben lo que estoy viendo en este momento? —siguió diciendo la jirafa, sin prestarle atención—. Veo que vienen muy tranquilos y allá lejos, navegando por el río... ¡los cazadores!

Cuando los cocodrilos escucharon la palabra *cazadores* se acordaron de las hermosas carteras y zapatos de cuero de cocodrilo que suelen usar las esposas de los hombres. Y los elefantes se acordaron de las hermosas estatuas talladas en colmillo de elefante que usan los hombres para decorar sus casas. Y hubieran salido disparando patitas para que te quiero, cada uno por su lado, si un bramido de la elefanta guía no los hubiera detenido.

—¡Mentira! —bramó la vieja elefanta—. Yo estoy casi ciega, pero si vinieran los cazadores, ya hubiera escuchado chillar a los monos.

—¡Claro que es mentira! —confirmó el cocodrilo abuelo—. Yo estoy casi sordo, pero si vinieran los cazadores, ya hubiera visto volar todos juntos a los pájaros.

Y entonces, por primera vez, miraron con atención a la jirafa y vieron que no era una jirafa cualquiera: era la famosísima Jirafa de los Cuentos. A esta jirafa todos la conocían, y la llamaban así porque tenía una lindísima cualidad y un terrible defecto. Era una jirafa tan mentirosa que, cuando hablaba en serio, nadie le creía una palabra de lo que decía.

Pero sabía contar cuentos tan hermosos que cuando se sentaba a la sombra de las acacias, todos los animales la rodeaban para pedirle que contara alguna de sus maravillosas historias.

A la Jirafa de los Cuentos le dio mucha vergüenza que la hubieran descubierto mintiendo otra vez.

—Está bien —les dijo—. Me pescaron: lo de los cazadores no era cierto. Pero si aceptan hacer una tregua, les voy a contar el mejor de todos mis cuentos.

Los elefantes y los cocodrilos estaban hartos de esa pelea que no se terminaba nunca. Ya había un cocodrilo gravemente herido por un colmillazo en la panza y a varios elefantes les sangraba la trompa. Y se sintieron muy aliviados de tener una excusa para dejar de pelear sin tener que darse por vencidos. Jadeando, se acomodaron en la orilla para descansar y escuchar la historia.

Y la jirafa les contó un cuento que empezaba así:
*"PARA CONTAR ESTA HISTORIA, hay que empezar por explicar que los cocodrilos y los elefantes, por lo general, no son enemigos".*

Al principio todos escucharon interesadísimos porque no hay nada más lindo que un cuento en el que uno mismo es el personaje principal. Pero cuando llegó a la parte en que la jirafa los convence de que dejen de pelear para escuchar el cuento, tuvo que volver a empezar desde el principio. Y volvió a contar toda la historia, desde la primera frase hasta el momento en que la jirafa propone contarles un cuento y en ese punto tuvo que empezar el cuento otra vez.

Y así siguió, contando una y otra vez el cuento que estaba adentro del cuento hasta que los cocodrilos y los elefantitos chicos se quedaron dormidos y los grandes empezaron a protestar.

–¡Es insoportable! –gritaron los elefantes.

–¡Es aburrrridísimo! –bostezaron los coco-drilos.

–Yo no puedo hacer nada –dijo la jirafa–. Este cuento es así. La única manera de terminarlo es que ustedes prometan no volver a pelearse nunca más.

Y con tal de no escuchar otra vez el mismo cuento todos prometieron solemnemente dejar de pelearse para siempre. Los elefantes se corrieron diez pasos para un costado y los cocodrilos diez pasos para el otro costado y se dedicaron a bañarse en paz.

Y así pudo llegar la jirafa, que es la verdadera autora de este cuento, a la deseada palabra FIN.

Cuando tenía 15 años gané dos importantes premios con un libro de poemas. Pero me di cuenta de que me los habían dado por mi edad y no por mis poesías. Me sentí ofendida y avergonzada. Me pareció que si no era la mejor escritora del mundo, no valía la pena seguir.

Tardé mucho tiempo en descubrir que:

1º) No había nada que yo pudiera hacer tan bien como escribir y 2º) había muchos escritores que no eran los mejores del mundo y sin embargo igual me gustaban sus libros.

Volví a empezar y escribí varios libros para grandes.

A Gabi y a Paloma, mis hijas mayores, siempre les encantaron los cuentos con animales.

Cuando se me ocurrió esta historia le puse elefantes y cocodrilos porque había leído bastante sobre sus costumbres y es más fácil inventar un cuento cuando uno ya sabe algo sobre los personajes.

Los puse en la selva para que pudieran estar juntos y pelearse porque en el zoológico los tienen bien separados. Y traté de contar el cuento copiándome un poco del autor que más nos gusta (a Gabi, a Paloma y a mí, porque Verita es muy chica y no entiende nada), que es Horacio Quiroga.

Empecé por leer el cuento y hacer lo que hacen las computadoras: meter tarjetas y esperar que aparezcan las imágenes.

Se trataba de hacer una película en mi cabeza de lo que Ana María Shua me estaba contando. No era un trabajo difícil para mí, porque quiero mucho a los animales y me gusta observarlos.

Una vez viajé desde la costa de Africa hasta Buenos Aires en un barco que venía de la India y que entre tantos pasajeros traía a un elefantito...

Para dibujar bien los animales hay que conocer su personalidad. No hay dos elefantes iguales. No hay dos camellos iguales. Son expresivos como las personas.

Cuando termino de dibujar me dan ganas de guardar los dibujos para mí, porque me encariñé con ellos aunque me hayan dado mucho trabajo.

Pero mi maestro Axel Amuchástegui me dijo: "No te enamores nunca de tu trabajo si querés avanzar".

Espero que reciban la forma en que transmito las expresiones de los animales para que lleguen a ustedes desde todo mi ser.

*Alicia Charre*

# COLECCIÓN PAN FLAUTA

Serie **Azul** (A): Pequeños lectores
Serie **Naranja** (N): A partir de 7 años
Serie **Magenta** (M): A partir de 9 años
Serie **Verde** (V): A partir de 11 años
Serie **Negra** (NE): Jóvenes lectores

Sentimientos

Naturaleza

Humor

Aventuras

Ciencia-ficción

Cuentos de América

Cuentos del mundo

Esta edición de 2.000 ejemplares
se terminó de imprimir en
Encuadernación Araoz S.R.L.,
Avda. San Martín 1265, Ramos Mejía, Bs. As.,
en el mes de enero de 2005.